KB036606

길 위에 세운 나라

# 길 위에 세운 나라

제주 올레, 시가 있는 풍경

황해선 시 ｜ 사진

가파도의 텅빈 청보리밭길

# 그물에도 걸리지 않는 바람처럼 자유로운

길지 않은 인생이지만 세월이 지날수록 부족함을 느낍니다. 지금까지 자유를 찾아 방황과 시련 속에서도 꿋꿋하게 살았습니다. 쉬지 않고 내달리며 성공의 탑을 높게, 더 크게 쌓느라 앞뒤를 젤 겨를도 없이 저의 삶이 무언가를 이룬 듯 여겨졌던 적도 있었습니다.

불현듯 바벨탑이 무너지는 날이 찾아오자 모든 것이 단번에 변해 버렸습니다. 그건 마음을 비우고 속도를 늦추라는, 짧지만 단호한 신호였습니다. 나를 바꾸는 게 그리 간단한 문제가 아니라고 몇 번 고집을 부리다 넘어진 뒤에야 겨우 멈추었습니다. 관성을 벗어나 느리게 걸어보니 비로소 사람이 보이고 세상이 보이기 시작했습니다. 보고 싶은 곳만 골라 보던 단체 관광버스에서 내려, 이제야 보여지는 대로 바라보는 두 발의 자유 여행을 시작했다고나 할까요?

누구나 그렇듯 저 역시 이 사회의 한 모퉁이돌이 되고자 최선을 다했지만 나만의 의지와 노력으로 착수되거나 완성된 것은 아무것도 없습니다. 소소한 성취에 교만과 독선을 키워왔던 시간들, 모든 일에 시작이 있듯 끝이 있음을 모르던 무지의 나날들, 성과의 크기를 따지기 앞서 과정과 근원을 캐물어야 했던 세월들, 배려와 사랑을 외면했던 반평생을 돌아보니 이 모든 게 저에게 커

다란 빚이 되어 돌아옵니다. 그 빚을 어떻게 갚아 나갈 수 있을지 모르겠지만 그냥 가만히 있을 수는 없었습니다. 그래서 우선 나 자신부터 조금씩 변해보기로 하였습니다.

제주 올레 길을 걷는 동안 좋은 날보다는 비 내리고 바람 부는 궂은 날이 더 많았습니다. 비가 조금만 굵어져도 걸음이 늦어지고 고생도 배가 되었지만, 그래도 포기하지 않고 걷고 또 걸었습니다. 어쩌다 새벽부터 큰 비가 내리는 날은 부득이하게 일정을 미루게 되었는데 그건 곧 꿀 같은 휴식을 의미합니다. 그럴 때에는 올레 길에서 벗어나 미술관으로, 박물관으로 달려가 제주의 또 다른 매력에 흠뻑 빠지곤 했습니다.

걷는 것 자체가 목적인 여행처럼 우리의 인생을 닮은 것도 없습니다. 돈도 명예도 좋지만 삶 자체를 관조하면서 세상과 사람을 바라보고 서로 기대어 살아가듯이 자유롭게 걷다 보니 차곡차곡 여행길이 채워져 갑니다. 어디이든 언제이든 제각각 다양한 색깔과 음조로 입력되고 저장되는 산책과 풍경, 시상(詩想)들로 울퉁불퉁하지만 밉지 않은 질그릇을 빚어 봅니다. 반드시 멋지고 아름답고 즐거워야만 할 필요도, 이유도 없습니다.

어느 날인가는 새벽부터 걷기 시작하여 코스를 마치는 저녁까지 단 한 번도 마주치는 이 없는 적막한 길을 걷기도 했습니다. 산록에서 쏟아져 내리는 비바람에 옷자락이 울부짖는 공동묘지 둘레를 지나면서 나 자신에 대해, 내 인생에 대해 돌아보지 않을 수 없었습니다. 집에서 멀리 떠나와 외롭고 고독한 내 영혼의 산책로를 걸으면서 비로소 지나온 날들과 앞으로 가야 할 길, 살아야 할 삶을 성찰하게 됩니다. 긴 여정을 마치고 되돌아보니 그물에도 걸리지 않는 바람처럼 자유로운 올레길, 그 '길 위에 세운

길 위에 세운 나라

나라'에서 생명과 사랑과 희망을 얻고 일상으로 다시 복귀했다
는 생각이 듭니다.

짓궂은 날씨 덕분에 당초 예정했던 일정보다는 조금씩 늦어지
게 되었지만, 몇 차례에 걸친 도전 끝에 마침내 천백여 리에 달하
는 26개 올레 코스를 모두 완주하게 되었습니다. 마지막 코스의
간세를 배경으로 기념사진을 찍을 때의 그 감동이란! 마치 유명
한 해외의 트래킹 코스들을 정복하는 이상의 보람과 희열을 느낄
수 있었습니다.

집으로 돌아와 석 달여 동안 찍었던 사진들을 정리하고, 틈틈
이 글도 쓰고 각 코스에서 인상적이었던 정서들을 이리저리 묶
고 그 느낌들을 발효시킨 뒤 이를 재료로 코스를 소개하는 글들
을 끄적여 보았습니다. 하늘 아래 똑같은 존재가 없듯 26개의 코
스마다 제게 들려주는 목소리도 말투도 제각각이었습니다. 사랑
스러운 이 올레길을 걸으며 들으면 좋을 곡들도 추천드리고 싶어
졌습니다. 살아오며 하고 싶었지만 하지 못하였던 버킷 리스트의
첫 번째 칸이 채워진 듯하여 제 딴에는 너무도 뿌듯합니다.

올레길을 내고 관리하시는 사단법인 제주올레에 진심으로 감
사인사를 올립니다. 450킬로미터의 여정을 파업없이 동참해준
나의 두 발도 대견합니다. 올레길에서 만났던 모든 분들께도 행
복한 나날이 계속되시기를 빌어봅니다. 민낯을 보이듯 보잘 것
없는 저의 내면을 꺼내 보일 용기를 갖게 해주신 분들에게 사랑
과 감사의 마음을 보냅니다.

2019년 9월, 자유를 꿈꾸며
황해선

하도리 돌담꽃길

화순 금모래 해변

무릉 2리 보리밭

추자도 예초리

# 차례

우도 등대길

## 사랑하려면

무언가를
제대로 사랑하려면
손에 쥔 것들을
아낌없이 내주어야 해

주웠던 조가비들은
어스름 해 질 무렵
모래 곁으로 돌려주고
그 꿈만 가져가듯이

눈부신 창공
다소곳이 석양을 내어주면
밀려오는 어둠의 자리
별빛으로 채워내는 하늘처럼

너를 위해서라면
이 여름의 마지막 서랍에 남겨둔
실낱 같은 눈빛과 떨리는 입술을
단숨에 바칠 수 있어

우도 천전리

무언가를
온전히 사랑하려면
가슴에 맺힌 것들을
미련 없이 지워야 해

소유하고
지배하고자
바위섬에 새기었던 욕망의 풍파
이별로 씻어내듯이

청춘의 이름으로
바다에 초대되었던 이들
서둘러 둥지로 돌아갈 즈음이면
시간의 그림자 지우는 노을처럼

나 홀로 돌고 돌아
내 생의 마지막 새벽까지 내달아
수평선 너머에 매달려 있을 너를
단 한번 안아보고 싶어

두산봉에서 보는 시흥리 들판

## 조화의 길

변신의 시작,
말미 오름 가는 길
돌담들이 밭과 밭을 잇고
하늘과 땅을 잇고
바람과 사람을 잇는다

숨이 턱에 찬 뒤라야
볼 수 있는 노스탤지어
가식 없는 몸짓
농부의 손을 통하여
이렇게 조화로운 빛으로
스텐실을 짜 놓은
그는 누구인가

바람결 속에서
때로는 눈물 속에서
시간과 마주 선 자여
그대가 선 그 자리에
나도 뿌리 내리고 싶다

노란 유채꽃과
갓 돋아난 청보리,
생사를 구분 짓는 돌담,
이들이 채색한 들판을
물들이는 바람이고 싶다

학교 운동장 지나
낡은 담벼락,
그 옆 담쟁이길
돌고 돌아 피곤한
여행자를 위한
소박한 쉼터이고 싶다

오소포 연대 지나
저 멀리
성산 가는 길
일상이
햇볕 아래 조화로운 곳

푸른 하늘과
검은 돌들도
바람 아래 자유롭다
평화롭다

삶이 제 아무리
고단함을
숨길 수 없다 해도
잠시라도 쉴
자리가 있으니
이 길 또한 즐거우리

화산(火山)이
성산(城山) 되어
우뚝 선 일출봉

나도 언젠가
여기 닻을 내리고
그대의 심연(深淵)에
닿고 싶다

그날까지
놀멍 쉬멍
내 생의 올레길 따라
바다도 그려 보고
미역도 따 보리

광치기 해변의
검은 돌 위에도
희망의 싹들이
일출처럼
씩씩하게 돋아난다

길 위에 세운 나라

# 1 코스 : 시흥 ~ 광치기 올레

시흥 초등학교 ~올레 안내소 ~말미 오름[1]~알 오름[2]~종달 초등학교 ~목화휴게소 ~시흥 해녀의집 ~성산 갑문[3]~수마포 ~터진목 4.3유적 ~광치기 해변 (15km)

1. 뒷박처럼 생겼다 하여 뒷박말(斗)과 땅 끝의 미(尾)를 붙여 말미 오름이라 하며 (일명 두산봉) 정상에서 일출봉과 우도가 한 눈에 보인다.
2. 새알을 닮아 둥글고 자그마하다 하여 알 오름이라 부르며(일명 난봉, 난악)원추형 기생 화산으로 정상에서 일출봉, 우도, 한라산과 다랑쉬 오름 등 제주 동부산록이 조망된다.
3. 1994년 성산 항과 오조리 공유수면 사이에 교량 겸 갑문을 설치, 유람선 관광사업 등을 기대했으나 잦은 고장과 수질 오염, 생태 파괴 등으로 최근에 해체 복원 작업이 논의되나 예산문제로 지연되고 있다.

## 나누고 싶은 느낌 : 조화(調和)

밭과 밭을 잇는 검은 돌담을 따라 말미 오름, 알 오름에 오르면 성산 일출봉까지 들판과 포구, 바다와 하늘이 Green, Yellow, Black & Blue의 강렬한 원색 스텐실을 짜놓은 듯 조화를 이루면서 제주의 개성을 보여준다. 성산포 어느 식당 앞에 써 붙여 놓은 '그리운 바다 성산포, 바다가 선사한 푸른 밥상'이란 글이 정겹다.

## ♫ 걸으며 들을 만한 음악 : Panis Angelicus

세자르 프랑크의 성가곡 '생명의 양식'을 안드레아 보첼리가 부드러우면서도 생명력 넘치는 목소리로 부른다. 하늘에서 내리는 생명의 양식으로 낮은 자 천한 자 차별없이 먹이신다는 신의 섭리와 조화를 찬양한다.

우도 소머리오름에서 바라본 성산 일출봉

우도 등대

# 미망의 길

지난 삼십 년 동안
하던 일, 만나던 사람
드나들던 회전문은
앞으로도 안녕하겠지만

나는 그곳을 떠나
오랜 동안 그리던 여행,
일상으로부터의 일탈을 결행한다

12월의 하우목동 항
낯설고 차가운 비바람은
복귀가 불안한 이 행로가
가출(家出)이든 출가(出家)이든,
등 따숩던 고향 떠나온 현실을
직시하게 만들어 준다

초겨울의 우도는
그 많던 호밀과 땅콩들을
어디로 보내 버린 걸까

빈들엔 마른 풀이 드러눕고
검은 돌담 너머 잿빛 하늘에는
까마귀들이 떼 지어 음습을 퍼뜨린다

희노애락
세상사를 잊고자
뭍에서 가장 먼 곳을 찾아와
아무도 없는 올레길을 걷는다

발걸음을 옮기노라면
빗방울이 나를 어르고
바닷바람은 나를 달랜다

한참을 걷다
문득 모골 송연함에
걸음을 멈추고 뒤돌아보니
나를 따라오는 사람이 있다
살며시 좇아 오다
뒤돌아 보면 멈추어 서곤 한다

누구인가
초췌한 몰골
비늘 다 빠진 은어처럼
생명의 빛이 닳아빠진 화상

초라하게 오그라든 허세 속에
한 아이가 웅크린 채
나지막이 울고 있다

어린 시절 움막에 두고 왔던
이 아이는 여지껏 나를 좇아 다녔나 보다
그 세월이 얼마인데
아직도 옛 모습 그대로인 것일까
그토록 외롭고 무서워 자라지도 못한 것일까

다 버리고 온 줄 알았지만
결코 떨쳐버릴 수 없는 이 미망(迷妄)을
다시 가슴에 품어 안는다

세월이 드리운
어둠을 뚫고 새 날을 맞으면
이제 아이도 더는 울지 않으리라

천진항 거센 파도를 넘어서야
성산 일출봉이다
나 홀로 멀고 험한 길을 걸어야만
비로소 잃어버렸던 꿈을 되찾는다

# 1-1 코스 : 우도 올레

천진 항 ~홍조단괴 해빈해변[1]~하우목동 항 ~파평 윤씨 공원 ~하고수동 해변 ~비양도[2]~우도봉[3]~우도 등대 ~ 쇠물통[4] ~천진 항 (11.3km)

1. 홍조류가 암석에 기생하기 위해 만들어 내는 백색 분비물과 조개껍질 가루로 백사장을 이루고 있는 해수욕장. 천연기념물 제 438호.
2. 우도 동북 편에 위치한 작은 섬으로 다리로 우도와 연결되어 있음
3. 우도의 가장 높은 봉우리로 수중 분화구의 특징을 보임. 해발 132.5m, 폭 1156m, 남동 사면은 해발 100m의 해안단애, 북사면은 용암 유출로 완만한 분지로 한라산, 일출봉, 지미봉 다랑쉬 오름 등이 조망된다.
4. 우도 봉북사면 초지 방목장의 소나 말들이 물을 마시던 곳

## 나누고 싶은 느낌 : 미망(迷妄)

우도는 성산 일출봉과 쌍둥이 같이 가장 제주도를 닮았으면서도 제주도에서 떨어져 있는 섬이다. 온몸으로 비바람과 맞서면서 빈들과 까마귀, 사나운 파도 사이를 방황하다 쇠물통 언덕에 서서 바다 건너편 성산 일출봉을 바라보면 외로운 우리네들의 삶이 가엾고도 존귀하다.

## 걸으며 들을 만한 음악 : Vocalise

보칼리제란 원래 가사가 없는 모음으로만 부르는 성악곡을 일컫는데 사랑의 목소리를 악기처럼 연주하듯이 부르는 곡으로 그중에도 라흐마니노프의 보칼리제가 가장 사랑을 받고 있다.
이 곡은 라흐마니노프가 1912년 성악곡으로 작곡 후 1914년 첼로 피아노 버전으로 편곡하여 실현 불가능한 욕망과 우울함을 슬픔으로 승화시켜 영혼을 맑게 해주는 힘을 보여 준다.

오조포구에서 바라본 성산 일출봉

# 사랑의 길

광치기 해변에
아침이 오면
파도는
숨 고르듯 침잠하고
바다는 온몸에
비단을 두른 채
우리를 유혹한다

성산 포구에
아침이 오면
바람은
잠에서 깨어나고
바다는
출항을 위하여
새 날을 준비한다

그저께와 달랐던
어제처럼
오늘은 또

어제와 달라야 한다
그래야만 내일도
오늘보다 나아질 테니까...


산다는 건
사랑한다는 것,
거기에는
어떠한 이득도 없다
그저 사랑할 뿐


사랑은
죽음도 뛰어 넘어
자기 묘지를 갈아 엎고
그 자리에 씨 뿌려
싹을 틔우며
꽃을 피게 한다
그리고 때가 되면
그 곁에 잠들게 한다


검은 돌담이

푸른 무 이파리와 노란 유채로
밭을 가르듯
소심한 나의 대문 안
사랑과 미움의 밭도
구획해주렴
내 생의 어제와 오늘이
눈부시게 달라지도록...

혼인지에 다다르니
사랑의 연분이
정결한 제단 위에서
때를 만난다

온평리는 지금
사방천지 사랑이다
사람이 사랑이다
사랑은 희망이다
가슴 시리지만
사람만이 희망이다

## 2 코스 : 광치기 ~ 온평 올레

광치기 해변 ~식산봉[1]~족지물[2]~오조리 마을회관~ 고성리 ~대수산봉 ~
말방목장 ~혼인지[3]~온평 포구 (14.8km)

1. 오조리 내수면에 위치한 원주형 화산으로 여말선초 조방장이 군량미 더미로 위장하여 왜구 침
입을 물리쳤다는 설화가 전해져 온다.
2. 오조리의 용천수로 수량이 풍부하여 식수와 목욕에 쓰였으며 긴 발가락을 닮았다 하여 족지물
이라 불렸다.
3. 삼성 신화의 고,양,부씨 삼신인이 벽랑국의 세 공주와 혼인했다는 설화가 있는 곳

나누고 싶은 느낌 : 사랑

광치기 해변 바위 위의 이끼들, 성산 갑문 내수면의 고요한 아침을 만끽
하고, 족지물, 대수산봉 가는 길의 묘지를 지나노라면, 산다는 건 내 주변
의 모든 생명들과 이웃들을 사랑하는 것이라는 걸 깨닫고 혼인지에서 진
정한 사랑을 간직하리라 맹세해 본다.

🎶 걸으며 들을 만한 음악 : Love of My Life

영국 록밴드 퀸의 대표곡 중의 하나로 떠나가는 연인을 붙잡으며 '당신은
내 마음을 산산조각 내고 나를 떠났지만, 내가 당신을 얼마나 사랑하
는지 잊지 않도록 나이가 들어도 그 자리에 있을 것'이라고 약속한다. 퀸
은 1973년 4인조 그룹으로 결성된 이후 철저한 연습과 최고의 녹음, 클래
시컬한 보컬 하모니와 곡의 스케일로 소위 '록 오페라'라는 찬사를 들었
다.

성산포 성당과 성산 일출봉

신산리 독자봉 가는 길

# 구원의 길

마음이 버성길 때면
온평 포구를 찾아
바위에 새겨진
사랑을 되새기며
바다의 여명에
조용히 잠겨 보라

봄바람으로
밭 갈고 씨 뿌려
여름 햇살로 키워내듯

그렇게
자식농사 지으며
살아온 한 평생

검은 돌담 틈바구니마다
눈물 맺힌
세월의 훈장이 빛난다

통 오름 가는 길
참회의 손으로
현실을 잡고 일어서니
삶의 형틀 안에서
십자가를 짊어진
당신이 보인다

난산리 외길
외로운 소낭
한 그루만이 지키고 선
우리 어망집
녹슨 철대문과
함께 퇴색된 청춘

하지만 설령
팔자 고쳐
다시 산다 한들,
돌고 돌아
외진 곳 그 자리로
되돌아오리라

대문을 나서
당신이 가신
그 길 따라
나 또한 걷고 있네

소낭 밭 지나
신풍 바다 이르도록
바람소리
파도소리 또한
내 뒤를 따르네

돌과 바람이
부딪히는 소리,
파도에
살 비비는 소리,
제각기 다른 음색
저만의 방식으로
빚어내는 앙상블

힘든 여정 속
이 아름다운 음조는
배고픈 다리를
쉬게 하고
목마른 심령(心靈)을
적셔줄 게다

나는 믿는다
이제 곧 밀물이
찾아올 게다

# 3 코스 : 온평 ~ 표선 올레

온평 포구 ~난산리 ~통 오름[1]~독자봉 ~김영갑갤러리 두모악[2] ~신풍 신천바다목장 ~소낭길 솔밭[3]~배고픈 다리[4]~표선 해비치해변 (21.3km)

1. 물통처럼 웅푹 패여 통 오름이라 불리며 반대편에 말발굽형 분화구가 등 돌린 형상의 독자봉이 있는데 마을에 유독 외아들이 많아 붙여진 이름이다.
2. 오름과 바람의 사진작가 김영갑이 루게릭병으로 요절한 후 제자들이 그를 기려 삼달 분교를 개조, 개관하였다, 두모악은 한라산의 옛 이름.
3. 소낭은 소나무의 제주 방언. 어망은 엄마의 제주 방언
4. 평시 통행 가능하나 우천 시에 물에 잠수되어 통행이 제한되는 다리로 고픈 배처럼 아래로 쑥 꺼진 모습을 빗대 배고픈 다리라 부른다.

## 나누고 싶은 느낌 : 구원(救援)

난산리 지나 통 오름 가는 길은 힘든 코스다. 평생 자식 기르느라 자신의 인생을 바친 어미의 그 길을 따라 걸으며 나는 그분의 희생으로 구원의 길에 들어설 수 있었음을 깨닫는다. 그렇기에 아무리 못난 나일지라도 부모는 자식 위한 험한 길을 주저없이 가게 된다.

## ♬ 걸으며 들을 만한 음악 : I Still Believe

미국의 팝디바 머라이어 캐리가 부른 사랑의 노래. 어릴 때 겪은 인종차별의 경험, 데뷔 이후 실패와 좌절의 반복 등 숱한 고난을 딛고 일어선 그녀의 희망과 열정이 담긴 허스키 보이스는 진정성을 전달하는 통로로 손색이 없으며 변치 않는 사랑과 믿음을 준다.

표선리 해변길

세화리 샤인빌 산책로

## 인내의 길

당케 포구에
동이 트면
등짐 지듯
자갈길 걷듯
또 하루를
시작해야 한다

인생이란
화려한 춤사위가 아니라,
고단한 가업(家業)을 지켜온
긴 세월을 말한다

인내할 줄 아는 사랑은
어떤 운명도
고스란히 담아내는
한 폭의 캔버스,
외로운 붓 끝에 눈물 매달아
삶의 거죽 위를 채색한다

오늘도
목장갑 빨아 말리는
세화리의 일과(日課)
그건
봄을 맞기 위함이다

그건
문을 잠가도
깨진 창 틈새로 파고드는
차가운 절망을 봉하고픈
간절한 꿈이다

원시(原始)를 제련해 만든
나의 자존심은
언제나 위태롭고

조락(凋落)한
환상을 지나야만
그저
한 톨의 수확이 있는 건

때를 기다리라는
업보(業報)이리

망 오름
토산봉수 올라보니
인내 없이 싹 틔워
상처 없이 뿌리 내린
목숨이 하나 없네

누구인가
거슨새미 같은 내 삶에
운명을 거스를
용기,
척박을 이겨낼
도전을
선물할 그는
누구인가

남원 포구 가는 길은
여전히 내게 시험(試驗)이다

생명들이 무리지어
서로를 기댄 채
오늘을 참아내며
바다끝
희망을 기다린다

# 4 코스 : 표선 ~ 남원 올레

표선 해비치해변 ~당케 포구[1] ~갯늪[2] ~해양수산 연구원~망 오름[3] ~토산봉수 ~거슨새미[4] ~영천사 ~삼석교 ~태흥리 ~벌포 연대 ~남원 포구 (23.1km)

1. 제주의 창조신 설문대할망이 풍랑피해를 막고자 만들었다는 전설이 있는 포구로 제주내 가장 넓은 백사장이 있다. 당케에는 (제사)당이 있는 케(경작지)라는 뜻이 담겨 있다.
2. 표선 서남쪽 해안가에 있는 습지로 뗏목 '테우'의 출항지로 쓰였다.
3. 표선면 토산리의 오름으로 표선 일대를 경계하는 요충지이며 조선시대 봉수대가 있어 토산 봉수라 불리나 지금은 흔적만 남아 있다.
4. 토산리 용천수로 특이하게 바다 방향이 아닌 한라산 방향으로 거슬러 흐른다 하여 거슨새미라 불린다

나누고 싶은 느낌 : 인내(忍耐)

당케 포구의 새벽은 미역작업으로 고되고 분주하다. 들판에서 하루 종일 뙤약볕 아래 양파를 수확하는 일은 전혀 수월해 보이지 않는다. 하지만 눈앞의 현실을 인내하며 인생의 캔버스를 땀과 눈물로 채색하는 그들의 용기와 도전보다 아름다운 것은 없다.

🎧 걸으며 들을 만한 음악 : La Wally

이탈리아 알프레도 카탈라니의 오페라 중의 주인공 왈리가 부르는 아리아 "나 멀리 떠나가리"로 주위의 반대에도 불구, 부귀영화를 버리고 사랑을 위해 종소리처럼 떠나간다. 자식을 위해 당신의 안락함을 주저 없이 포기하고 세파에 몸을 던진 어머니들의 위대한 사랑처럼.

남원 금호 리조트 산책로

# 용기의 길

남원 포구에서
큰엉을 지나며
태고부터 이어진
그의 위업(偉業)을 본다

화구(火口)에서 내달아
바다를 들끓게 하더니
응결과 분열,
침식과 풍화로
곳곳에
곶자왈을 키워내고
소낭을 세움에
한 치의 두려움,
망설임 없이
깎아 세운
유산(遺産)을 본다

그 앞에 서면
누구라도

스스로 경외(敬畏)와
성찰(省察)을 갖게 한다

운명처럼
불현듯
내 앞을 가로막는
그의 위용(威容)은

때론 부드럽게
지극히 섬세한 손길로
나를 북돋우며
신그물 용천수로
메마른 갈증을
달래준다

긴 세월
그의 준비는
동백숲 길목에
처연히 산화(散花)되고
조배 머들코지는

말이 없지만,

그것은
시간의 망각조차
초월하는
생명의 외침,
무언(無言)의 항변(抗辯)이다

대본 없이
바다, 바람, 그리고
사람이 만들어내는
삼중주(三重奏)
서사시(敍事詩)다

찬비 내리는
위미리
인적도 없이
나를 반기는 인정이
오히려 따스하다

쇠소깍에 들어서니
태초에 내렸던 비가
여지껏 참다가
아무도 모르게 다가와
벼락같이 외친다

제대로 살라 한다
테우 줄을 당겨
앞으로 나아가라 한다
죽을 만큼 힘들면
죽도록 살아내라 한다

# 5 코스 : 남원 ~ 쇠소깍 올레

남원 포구 ~큰엉[1] ~선광사 ~종정레웃개[2] ~제주 수산연구소 ~위미리 동백군락 ~곤내골 ~조배 머들코지[3] ~넙빌레 ~망장포 ~예촌망 ~쇠소깍[4](14.4km)

1. 엉은 절벽의 바위 그늘을 말하는 제주 방언으로 큰 엉은 남원에 위치하며 용암이 만들어낸 가장 아름다운 절벽으로 알려져 있다.
2. 종정은 위미리의 옛 이름. 레웃개는 뗏목 레우가 정박 출항하던 포구. 레우는 무동력의 뗏목으로 주로 노나 밧줄을 이용하여 이동했다.
3. 조배는 조배낭(구실잣밤나무), 머들은 돌무더기, 코지는 곶의 제주 방언으로 위미항 공사시 훼손되었으나 2011년 일부 복원되었다.
4. 쇠는 소(牛), 소는 웅덩이, 깍은 끝이라는 뜻의 제주 방언. 서귀포시와 남원읍의 경계 효돈천 하구로 용천수와 바닷물이 합류하는 곳.

## 나누고 싶은 느낌 : 용기(勇氣)

남원에서 서귀포에 이르는 해안 길은 깍아지른 용암 절벽과 보석처럼 뿌려진 암석들이 신의 섭리와 위용을 느끼게 한다. 위미리에 들어서면 어촌의 소박한 자태, 동백나무 한 그루를 심어 군락이 되기까지 쏟은 끈기와 인내, 그 앞에서 제주 자연에 대한 경외와 함께 새롭게 도전하는 제주인들을 보면서 용기를 얻게 된다.

## ♫ 걸으며 들을 만한 음악 : Reflections of My Life

미국 보컬그룹 마말레이드가 부른 반전의 외침, 전장의 모질고 비참함을 떠나 고향으로 돌아가라는 소리가 마치 신의 위엄과 자연의 경건을 파괴하지 말고 본향으로 돌아가라는 메시지처럼 들린다.

보목동 소천지

열정의 길


쇠소깍 해변
검은 모래자갈이
하효 포구까지
이어지는 길
새까맣게 타버린
그 속을
누가 알랴마는


밤새도록 말없이
미지의 시공(時空)
꿰뚫는 안광(眼光),
빛으로 외치던 등대
새벽에 두 눈을 감으면
생이돌에도
비로소 아침이 찾아온다


파도는
무슨 꿈을 꾸기에
냉정을 품은 채

저리 뜨겁게 부딪히는가
한라산은
그의 열기 견디느라
아예 섬이 되어 버리고

나는 여전히
적막한 허상(虛像)을 좇아
새로운 비상(飛上)을 꿈꾸지만
내 있던 자리엔
열정이 떠나간
빈 둥지만 남아있다

꿈의 흔적은
아름답지만 슬프다

열정 없는 꿈은
폭풍 없는 포구와 같고
식은 사랑은
한 줌으로 스러져
깊고 어두운

회한(悔恨)을 남긴다

너무 길게 머물렀던 자리는
권태에 갇혀 침몰한다

서귀포는
청춘이 넘치는 곳
비록 파도는 떠났지만
그의 색상,
그의 음조는
여전히 내 곁을 넘실거린다

그의 세계는
늘 번뇌를 짊어진 채
바람의 역모와
배반에 기대어
반전을 노린다

살아 있다는 건
지켜야 할

이상(理想)이 있다는 것

여지껏
허기진 욕망이
꿈을 가려 왔지만,
이제는 비우고
낮추기 위해
열정을 쏟으리라
그것이 진정한 혁명이다

외돌개,
단기필마(單騎匹馬)로
이상(理想)을 지켜온
장군 바위의 열정이
장엄하다

# 6 코스 : 쇠소깍 ~ 외돌개 올레

쇠소깍 ~생이돌[1]~제지기 오름 ~보목 포구 ~구두미 포구 ~소천지 ~제주 올레사무국 ~이중섭 문화거리[2]~서귀포 항 ~천지연 폭포 ~외돌개[3] (14km)

1. 생이는 새의 제주 방언으로 하효 해변에 위치한 하얀 바위돌
2. 제주 예술문화의 심장 서귀포 이중섭 거리. 이중섭은 한국전쟁의 짧은 기간 가족과 헤어져 홀로 머물면서 대표작들을 남겼으며 2002년 그를 기리는 이중섭 전시관이 개관되었다. 주위에 올레시장이 있다.
3. 150만 년 전 화산 폭발로 생긴 20m 높이의 바위섬으로 홀로 서있다 하여 외돌개라 불리며, 고려 말 최영 장군이 자신의 모습으로 위장해 명군을 물리쳤다는 전설이 서려 있어 장군바위라고 도 불린다.

## 나누고 싶은 느낌 : 열정(熱情)

쇠소깍에서 방장 폭포까지 이어진 기암절벽은 화산이 만든 열정의 산물. 서귀포 이중섭 거리는 그 열정이 상식을 배반하고 일상을 반전시키는 예술의 성지이다. 우리의 이상을 지키기 위해서는 비우고 낮추는 혁명이 필요하다. 단기필마로 세파를 견디어온 외돌개의 열정이 장엄하게 올레 6코스를 마무리한다.

## ♬ 걸으며 들을 만한 음악 : Isabel

2004년 혜성과 같이 나타나 매혹의 하모니로 크로스 오버의 새로운 지평을 연 다국적 멤버남성 4인조, 일디보가 때로는 속삭이듯 때로는 절규하듯 부르는 사랑의 노래로 떠나간 여인을 그리워하는 내용. '날듯이 아픔의 나락으로 떨어지고 꿈꾸듯 상상의 세계를 잃어 버렸다'는 가사가 열정 없는 삶의 공허함을 표현하고 있다.

법환포구와 범섬

평화의 길


외로운 바람 한 줄기
문섬 범섬 지키는
장군바위 휘돌아
폭풍의 언덕에 모여
던지는 한마디


'서로 사랑하라'
세상을 향한 출사표(出師表)다


우체통에는
해독(解讀) 불가한 부호들만
넘쳐난다


나는 왜
너에게 닿지 못하는가


가슴이 열리고
바람이 통하는
바닷길은 어디 있나

서건도 가는 길은
하루 두 번 열리건만
우리는 오늘도
교신(交信)에 실패한다

장구한 세월
강정천이 만든
수려한 조각(彫刻)

비슷한 듯 다르면서
하나로 어우러져
조화로운 세상

하지만
가시 돋아난
강정 포구는 위중(危重)하다

바닷가 우체국에서
너와 나는
평화의 전령(傳令)을 보낼 것인가
전쟁의 포성(砲聲)을 발할 것인가

화해와 관용만이
패자 없는 승리로
명예혁명을 완수하고
화평을 나누게 한다

저 멀리 산방산도
한라산 앞에
다소곳한 자태

월평 포구 들어서면
자못 태연스런 평온이
뭍에 오른다

굿당길에 만나는
또 다른 구럼비의
온유한 민낯이
우리 모두의 가면을 벗기고
평화의 길로 이끌어 주기를...

길 위에 세운 나라

# 7 코스 : 외돌개 ~ 월평 올레

외돌개 ~동배낭길[1]~수봉로 ~법환 포구 ~일강정 바당올레길[2] ~서건도[3]
~바닷가 우체국 ~강정천 ~월평 포구 ~ 굿당길[4] ~월평 아왜낭목
(14.2km)

1. 동배는 도마, 낡은 나무의 제주 방언. 잎이 넓은 열대성 수종.
2. 강정천 주변 바다 길을 새로 만들어 일강정 바당 올레라 명명함. 일강정은 으뜸 강정이라는
의미, 바당은 바다, 올레는 골목의 제주 방언.
3. 조수에 따라 일 2회 건너갈 길이 열려 썬은 섬(서건도)이라 불린다.
4. 월평 마을의 안녕을 기원하던 굿당이 있는 절벽 가는 산책길.
* 구럼비 바위는 까마귀쪽나무(구럼비)가 많이 서식하는 바위돌이며, 구럼비는 제주 전역, 남해
안, 울릉도에 널리 자생하는 나무인데 강정 해군기지 반대운동이 알려지면서 환경 보전의 상징
어처럼 되었다.

## 나누고 싶은 느낌 : 평화(平和)

평화롭던 강정 마을은 해군기지 건설로 갈등과 반목의 상징이 되어 오늘
도 서로 대척점에 선 채 더욱더 먼 곳으로 밀어내고자 안달이다. 우리는
왜 서로 소통하고 화해하지 못하는지 구럼비는 말이 없다.

## 걸으며 들을 만한 음악 : Deep Peace

캐나다의 피아니스트이자 작곡가 빌 더글러스의 곡으로 평화롭고 따뜻한
감성으로 시적인 음악 세계를 표현하고 있다.'출렁이는 파도, 흐르는 대기,
고요한 대지, 빛나는 별, 부드러운 밤의 깊은 평화가 그대에게 깃들기를'
바라는 아일랜드 기도문을 붙여 미국의 팝디바 쥬디 콜린스가 노래한다.

고근산에서 보는 범섬

성찰의 길


월드컵 경기장은
서귀포시 길목에 세월을 비켜선 채
길고 외롭게 침묵하며
오래 묵은 경쟁(競爭)의 법칙을 수호한다


그날
분화구를 닮아 끓어오르던 경기장
벼락같은 함성과
실낱같던 탄식은
범섬 너머까지 흘러 넘쳤건만
지금은 누구도
그 승패를 기억하지 않는다


흐르는 물보다
달리고 싶은 계곡이 훨씬 많은 엉또 폭포
먼저, 빨리, 더 많이 얻기 위해 내달리는 승부가
한 방울의 물마저도
말라버리게 한 것일까

나의 작은 몸통 속은
영일(寧日)없이 채워 온
명함과 계급장들로 가득한데
이들이 나를
행복하게 해 준 적이 있었던가

지금 나의 장기(臟器)들은
너무나 쓰리고 아프기에
먼저 오장육부(五臟六腑)에 가득한
이 병(病)들을 비워야 한다

하고 싶은 일 보다
잊고 싶은 일이 더 많은 이 나이에
추억의 구속을 끊고 시간을 되돌린다는 건
결코 쉬운 노릇이 아니기에
지금 내 인생에 결기 있는 혁명이 필요하다

고근산 정상 지나
굽이굽이 길목마다
맞닥치는 갈림길

여러 갈래 미로를 돌고 돌아
선택한 행로
정직하게 고지식하게
두발로 종착에 이르니
전인미답(前人未踏)의 순례가 완성된다

이제야 비로소
정결한 저녁 식탁에 앉아
싱겁지만 담백한 삶의 기쁨,
어둡지만 편안한 생명의 존엄함으로
텅 빈 나의 배를
다시 채울 수 있을 것이다

외돌개는
삼매봉 앞바다에 세속을 비켜선 채
깊고 아프게 인내하며
오래 닦은 성찰(省察)의 교훈을 전시한다

## 7-1 코스 : 월드컵 경기장 ~ 외돌개

월드컵 경기장 ~엉또 폭포[1]~고근산[2]~제남아동복지센터 ~서호초등학교
~하논 분화구[3]~상매봉입구 삼거리 ~외돌개 (14.8km)

1. 서귀포시 강정동의 악근천(건천) 중류지역 해발 200m에 위치한 폭포로 한라산 상류지역에
70mm 이상의 강우가 있을 때에만 폭포수가 흐르며 조면암으로 형성된 50m의 수직절리에서 흐
르는 폭포수가 장관을 이룬다. '엉'은 바위 그늘 작은 굴, '또'는 입구의 제주 방언
2. 서귀포시 신시가지를 둘러싸고 있는 오름으로 정상에서 마라도 ~지귀도의 제주 남쪽바다와
서귀포시 풍광이 한 눈에 들어온다.
3. 동양 최대의 마르형 분화구로 수만 년의 생물학적 기록이 담겨진 생태보고이다. 용천수가 솟아
논농사가 가능. 하논은 큰 논이라는 뜻.

### 나누고 싶은 느낌 : 성찰(省察)

월드컵 경기장을 출발하여 서귀포시를 눈 아래로 두고 한라산 중산간을
넘어간다. 물이 없는 엉또 폭포의 수직절리는 영혼 없이 살아가는 나의 모
습이다. 고근산에서 해지는 남쪽 바다를 내려다보며 지금까지 살아온
발자취를 뒤돌아보니 그 반대편에 외돌개가 고고하게 지켜서 있다.

### 걸으며 들을 만한 음악 : Casta Diva from Norma

벨리니의 오페라 노르마의 아리아 '정결한 여신이여'를 이태리의 체칠리아
바르톨리가 부른다. 진정한 사랑을 할 수만 있다면 설령 온 세계가 적
으로 맞설지라도 기꺼이 당신의 방패가 되겠노라고 노래한다. 진정한 성
찰을 통해 삶을 관조하고 자신을 사랑할 수 있다면 이 세상은 지금보
다는 훨씬 아름답고 살아갈 만한 가치가 있지 않을까.

대평포구 박수기정. 그 뒤는 산방산

## 상상의 길

아왜낭에
햇살 비추면
백팔번뇌(百八煩惱)는 사라지고
명경지수(明鏡止水)에 빠져드네

열망에 뿌리내려
조용히 움트는 하루

잠자던 바다에
새벽길이 열리면
바위섬에 돌아간
대포 포구에도
푸른 아침이 돋아나네

저 높이 산 정상에서
색달 해변까지
달려온 상상(想像)이

중문(中文)의 뜰을 만들고
남국(南國)의 꿈을 키워

동춘(東春)의 한을
알알이 새겨 넣었네

오늘과 내일
세대를 이어주는 다리 건너
아이들의 바람이
예래천에서 뛰놀다가,

물레방아 소리 따라
논짓물까지 뜀박질 하면
불가사의(不可思議)가
기다리고 있네

아, 누구인가
굳건한 현무암의
신념(信念),
드높은 주상절리의
기개(氣槪),
너그러운 몽돌의
중용(中庸)을
한데 펼쳐놓은
그는...

대평 포구
고장 난 희망을 수리하고
그 힘으로
또 하루 물질하는 곳

오늘도 가파르고
고단한 일상이지만
난드르 넓은 들판은
내 귓가에 속삭이네

네가 꿈꾸는 세상이
여기 있네
네가 만들고 싶은
상상(想像)들이
오래도록
너를 기다리고 있네
이렇듯 싱그럽게

## 8 코스 : 월평 ~ 대평 올레

월평 아왜낭목[1]~약천사 ~대포 포구 ~중문 주상절리~베릿내 오름[2]~중문 색달해변 ~예래 생태공원 ~논짓물[3]~하예 포구~난드르[4]~대평 포구 (18.9km)

1. 제주도 자생 아왜나무의 제주 방언. 9월에 검붉은 열매가 열린다.
2. 중문의 천제연 폭포수가 깊은 계곡 사이로 은하수처럼 흐른다 하여 베릿내(별이 내리는 개울)라는 예쁜 이름을 갖게 되었다.
3. 바닷가 가까운 논에서 흘러나오는 물로 여름 물놀이를 많이 하는 곳.
4. 바다가 멀리 뻗어나간 넓은 들이라는 의미의 제주 방언. 대평리라는 지명의 제주어이다.

## 나누고 싶은 느낌 : 상상(想像)

작은 포구 월평과 예래 사이에 중문이라는 번화하고 다채로운 문화관광 중심지가 자리하고 있다. 베릿내를 중심으로 주변에 펼쳐지는 남국의 풍미가 이색적인 이곳에 자리한 동춘 서커스단이 정겹지만 안쓰럽다. 바닷가마다 자연의 조화로 주상절리, 몽돌 해변에 산산이 박힌 검은 용암들이 어우러져 현무암의 향연이 펼쳐지는가 하면 대평리 난드르 들판에서는 고단한 삶 속에서도 희망을 꿈꾸는 사람들의 이야기가 만들어지고 있다.

## ◯◯ 걸으며 들을 만한 음악 : Imagine

존 레논이 평화주의자의 신념을 그려낸 명곡. 자신을 '몽상가라 부르지 말고 동참하라, 그러면 세상이 하나가 될 것'이라고 호소한다. 월평 ~대평 바당길에 펼쳐진 화산암의 기상과 기개를 보면 상상에 불가능은 없다.

월라봉에서 보는 산방산

## 도전의 길

대평 포구
깎아지른
박수 기정
뒤로 돌아
고비 또 한 고비
오르는 발걸음에

고요를 깨뜨리는
말울음 소리
구천을 떠돌다
오늘 이곳
몰질에서 만난다

주인 떠나
몽골까지 가야 하는
그 운명
거스르려 몸부림치는
고독한 조랑말이
그립다

제주 하늘 아래
돌멩이 하나인들
본디 헌 것이
있으랴만,
애당초 생긴데서
이리 깎이고
저리 파여나간 인생

한순간도
원석(原石) 그대로 일 수 없는
변신(變身)의 본능을 어쩌랴

아침의 적막을
두드리듯
행동 없는 안주(安住)를
깨뜨리는
도전만이
영원하다

볼레낭 우거진
솔길을 걷노라면
새로운 풋돌이

눈앞의 시공(時空)을
잊게 한다

월라봉,
질긴 절망을 움켜쥐고
끊임없이
기어오르는
절박함이여

그 염원
하나로 모여
험한 장벽
거친 저항도
끝내 결박시키는
생명의 힘이여

천추(千秋)가
지나간 자리
돌이끼 꽃이
잠시 머물고

장구한 역사의 뒤 편

숱한 시련에
상처 난 그루터기,
이제 한 뼘의
뿌리를 내린다

진모르 동산
가는 길에
들꽃이 피어나면
안덕 계곡
흐르는 물은
꿈 한 자락 품에 안고
달려 내려와
황개천 하구에서
새 시대를 준비한다

역경의
즐거운 반란을 기다린다
새 천년,
새로운 도전의 시작이다

# 9 코스 : 대평 ~ 화순 올레

대평 포구 ~몰질[1]~박수기정[2]~볼레낭길 ~월라봉 ~진모르동산[3]~황개천[4]~
화순 금모래해변 (7.5km)

1. 올은 말(馬), 질은 길의 제주 방언. 고려시대 조랑말을 키워 몰질을 통해 이동한 후 대평 포구
에서 선적하여 원나라에 조공했다고 전한다.
2. 대평 포구 옆의 깎아지른 절벽. 박수는 절벽 아래에 바가지로 떠서 마시는 용천이 있다는 뜻
이며 기정은 절벽의 제주 방언.
3. 긴 능선을 이루는 야트막한 지형이라는 의미의 제주 방언.
4. 안덕 계곡의 물이 화순 앞바다로 흘러드는 개천명. 누런 물개가 올라와 울었다 하여 황개천
이라 불린다.


## 나누고 싶은 느낌 : 도전(挑戰)

대평 포구에서 몰질 따라 박수기정 오르는 길은 체력적으로도 쉽지 않은
여정이지만, 고려시대 백성들이 조랑말을 키워 원나라에 공물로 바치던
아픈 역사를 알고 나니 더욱 가슴 뒤켠까지 먹먹하게 하는 곳이다. 부
평초같이 떠다니던 삶이지만 그래도 놓지 않았다. 월라봉 암벽을 기어오
르는 덩굴들은 생명을 향한 집념 하나로 모진 위협들을 넘기며 오늘도 자
기 몫을 다하고 있다.

## ♫ 걸으며 들을 만한 음악 : Shape of My Heart

영국의 싱어송라이터이자 음유시인 스팅의 대표작. 시골의 우유 배달부였
던 소년은 불우한 시절의 좌절과 울분을 상상력으로 승화하여 시를 쓰는
피아니스트가 된다. 카드놀이에 자기 마음의 편린들을 비유하여 포커페이
스 뒤에 숨은 자기의 본래 모습을 알아봐 달라고 간절히 원하지만...

사계리 설큼바당과 형제섬

상모리 알뜨르 비행장 격납고

피안의 길


떠나 보자
바람이 시작된 곳
처음으로 파도가
너울지던 곳

뭍으로
뭍으로 달려와
온몸을 던지고

맨살로 부딪히고는
쏜살같이
되돌아가는
그곳으로

먼 바다
수평선까지
그대가 쌓은
세월의 방파제를 넘어

어머니의 어머니들이
동경(憧憬)하던
그 세상으로
떠나 보자

검은 모래가
울음에 씻기어
금모래가 될 즈음
그대의 그림자가
반사되는 곳

푸른 바다를
품고 사는
형제섬과
용머리 해안 검은 돌에
회의(懷疑)가
해초처럼
돋아날 즈음이면


슬픔마저도

해무(海霧)에 묻혀
사라지는 그곳으로

떠나 보자
춘하추동
이 세상의 시간들이
여정을 마칠 때
그대가 분출했던
오체육감(五體六感)의
화산재가 퇴적된
그곳으로

백척간두(百尺竿頭)
절울이 오름
벼랑 끝에서
진일보(進一步) 내딛듯이
장렬한 몸짓으로
방황의 실타래를
풀어 헤칠
그곳으로

마침내
빈 가슴 속을
활강(滑降)하여
불시착(不時着)이라도
하고픈
알뜨르, 그곳으로

어서 떠나 보자
바람이 커지는 곳
그대가 머무는 그곳
피안(彼岸)의 세계로

# 10 코스 : 화순 ~ 모슬포 올레

화순 금모래해변 ~용머리 해안[1]~산방 연대 ~사계 포구~송악산(절울이 오름)[2]~섯알 오름 ~알뜨르 비행장[3]~ 하모해수욕장 ~모슬포 항 (15.5km)

1. 거대한 퇴적암이 신비로운 형상으로 최고의 경관을 자랑한다. 진시황이 영웅의 탄생을 막고자 용허리를 끊어 지세를 차단했다고 전한다.
2. 여러 개의 분화구가 있으며 검붉은 화산재가 퇴적되어 절벽을 이룬다. 파도가 소리쳐 운다 하여 절울이(제주방언) 오름이라 부르기도 한다.
3. 알뜨르는 아래 있는 넓은 들이라는 제주 방언. 태평양전쟁 말기 일본군이 이곳에 비행장을 만들었는데 아직도 격납고 등이 남아 있다.

## 나누고 싶은 느낌 : 피안(彼岸)

화순 금모래해변과 사구, 산방산, 용머리 해안과 형제섬, 사계 포구의 화산 퇴적암, 절울이 오름과 섯알 오름의 백척간두 절벽에서 보는 마라도와 가파도, 한라산 영실계곡과 오름군 등 절경이 이어져 피안의 세계를 옮겨 온 듯 착각에 빠진다.

## ♋ 걸으며 들을 만한 음악 : Canon

바로크 시대파 헬벨이 밤새 내린 눈으로 아침에 눈을 떠보니 온통 은세계로 변한 모습에 감동받아 작곡했다고 알려진 캐논 변주곡은 원래 바이올린과 첼로를 위한 현악 4중주곡으로 푸가 형식의 돌림 노래인데 조지 윈스턴이 피아노로 편곡하여 원곡과는 완전히 다른 새로운 음악의 세계를 선사한다.

가파도 들길

가파 공동묘지

# 비움의 길

반도(半島)의 가장 낮은 섬
가오리 모양
낮게 기어 다니는 가파도(加波島)

태양의 계절 내내
희망이 가득했던 들판은
이제 모든 자랑을 내려놓고
추수의 명령 앞에
겸손히 모가지를 내민다
그리고
모든 자기의 왕국을 비운 후에야
동면한다

상동 포구의 유일한 포식자
갈매기만이 바람과 공모하여
하늘을 오를 수 있지만
하방(下放) 삼아
이곳까지 내려온 나는
냇골챙이에서

먹잇감을 버리느라 부산하다

숙명처럼
떨어지지 않는 미련
뇌관 속의 장약처럼
긴장된 일과(日課)
비전이라는 섬광 뒤켠 탈색된 지성

뭍에서 따라온
이 경쟁의 찌꺼기들을
두 발 아래 꾹꾹
묻어두고 가야 한다

나도 자존심을 낮게 내밀고
나의 내밀(內密)한 세계까지
내주어야 한다

지난 가을 청보리 떠나며
집담 밭담 틈틈으로 남긴
세간살이여

 길 위에 세운 나라

삭풍에 삶을 비비대는 목소리로
날 위해 기도해 주렴
미망(迷妄)을 베어 내느라 상처 난 자리에
새 살이 돋아나도록...

노을빛이
나의 빈 가슴 가득히 밀려온다

# 10-1 코스 : 가파도 올레

상동 포구 ~상동 할망당[1]~큰왕돌[2]~장태교 정자 ~냇골챙이[3] ~가파 초등학교 ~개엄 주리코지 ~큰옹짓물 ~가파 포구[4](5km)

1. 할망은 제주의 토속 신에게 붙이는 극존칭. 할망당은 사당을 뜻함
2. 왕돌은 고인돌의 제주식 표현. 큰왕돌은 규모가 큰 고인돌. 가파에는 제주도에서 가장 많은 고 인돌이 남아 있다.
3. 상동 포구 서남쪽 해변을 가면 우리나라 최남단 마라도가 조망되는 냇골챙이, 고냉이돌(고양이 닮은 바위)에 이른다. 가파도 바다낚시의 최고 포인트로 유명하다.
4. 가파도는 해발 20m, 해안선 총길이 4.2km로 우리나라에서 가장 낮은 구릉지형의 화산섬 으로 가오리 모습에서 명칭이 유래됨


## 나누고 싶은 느낌 : 비움

가파도는 우리나라에서 가장 낮은 곳이다. 바람과 파도와 집담 밭담의 어우러짐이 소박하다. 남으로는 마라도가 겸손하게 누워 있고 북으로는 한 라산과 산방산, 크고 작은 기생 화산군의 위용이 고스란히 살아 있다. 그 앞에서 우리 인간들은 왜소하고 탐욕스럽기만 하다.


## ◎ 걸으며 들을 만한 음악 : A Question of Honour

'명예'란 인간에게 어떠한 가치인가 생각하게 만드는 이 곡은 금세기 최고의 크로스오버 디바인 사라 브라이트만이 신비롭고 고혹적인 목소리로 노래한다. 사라는 3세 때부터 뮤지컬과 발레를 시작하였으며 정통 클 래식 보컬에서 시작하여 크로스오버에 이르기까지 오페라, 종교, 영화, 팝음악 등 모든 장르를 섭렵한 변신의 여왕으로 변화와 혁신이 필요한 이 시대에 그 방향을 보여준다.

길 위에 세운 나라

가파리 청보리밭

## 헌신의 길

모슬포 항구
새벽잠 깨우는
바람이
간세 위에 펄럭인다

산이물 용솟음에
파도가
어깨 위로 넘실댄다

모슬봉 언덕길
배추밭에도
수고의 땀방울이
여물어간다

너는 듣느냐
저 멀리서 태어난 바람이
이승의 들녘을 가로질러
달려오는 이곳,

생사를 초탈(超脫)하여
울려 퍼지는
진혼(鎭魂)의 노래를...

슬프게도 바람은
단산의 날카로운 검(劍)을 닮아
그의 노래는 쓰리고 아프다

너는 보느냐
이 길을 지나간
수많은 동경(憧憬)과
치열한 시도들이
잠들어 있는 이곳,

절망을 화목제(和睦祭) 삼은
순교의 증표를...

외롭게도 바람은
곶자왈의 전인미답(前人未踏)을 닮아
그의 이상은 홀로 고고하다

너는 아느냐
사랑과 이별조차
말라 부스러지는 이곳,

남은 살과 뼈를 비벼
추수를 완성하는
그의 헌신을...

고맙게도 바람은
투박한 질그릇을 닮아
그의 손길은 누구에게나 살갑다

## 11 코스 : 모슬포 ~ 무릉 올레

모슬포 하모체육공원 ~산이물[1]~모슬봉[2]~정난주 마리아성지[3] ~신평·무릉 곶자왈[4]~무릉 생태학교 (16.3km)

1. 대정읍 동일리에 소재한 용천수. 제주 가수 혜은이의 노래비가 있다.
2. 모슬은 모래의 제주 방언. 대정읍 모슬포 평야 한가운데 솟은 오름.
3. 다산 정약용의 조카이자 천주교도 황사영의 처로 이곳에 유배되었다가 순교하였으며 1994년 묘소가 천주교 성지로 조성됨.
4. 나무와 덩굴이 어우러져 숲을 이룬 곳을 일컫는 제주 방언. 보온 보습 기능이 탁월하여 남방~ 북방 한계식물이 공생하는 세계 유일의 숲.


### 나누고 싶은 느낌 : 헌신(獻身)

모슬포에서 무릉에 이르는 길은 한라산의 남서편 끝자락을 넘어가는 코스로 배산임수의 명당인 까닭에 이 일대 최대 규모의 공동묘지가 자리 잡고 있다. 비바람 몰아치는 묘지 길을 홀로 걷노라니 생사에 대한 상념을 피할 길 없다. 모슬봉에서 산방산의 대척점에 단산이 날카롭게 지키고 선 모습을 보면서 산 자와 죽은 자 간의 교통을 느끼게 된다. 정난주 마리아 성지에 서서 앞서간 선지자들의 헌신이 오늘의 우리를 있게 함에 감사 기도를 올린다.

### ♋ 걸으며 들을 만한 음악 : The Rose

미국 베트 미들러가 감성 짙은 목소리로 부른 노래로 넘어지는 걸 두려워하면 춤을 배울 수 없고 꿈을 깰까 두려워하면 기회를 잡을 수 없다고 말한다. 너무 외로울 때, 차가운 겨울 눈 밑에 묻혀있는 씨앗이 따스한 봄 햇살의 헌신으로 장미가 됨을 기억하라.

신도리 녹남봉 가는길

차귀도, 기억의 조각들

## 미완의 길

무릉 떠나
도원 가는 길은
언제든 열려 있어
누구든 반긴다

그 길은
영락 가는 길

아무리 가야 할
일과(日果)라도
함께 갈 수는 없는 길
홀로 그 길에 들어선다

소작을 원한다면
내 마음 속의 밭도
거침없이 갈아엎고
남김없이 비워야 한다

들을 경삭하려면

가장 먼저
메마른 마음에
물을 대야 한다

녹남봉 넘어
신도 마을 어귀에서
매듭 느슨한 시간을 만난다

멈추어 버린
아이들 노는 소리
사라진 안식
사랑은 벽에 갇히고
꿈은 잡초에 묻혀
슬프게 녹슬어 간다

파도치는
도구리알 해변
그 많던 문어는
어디 간 것일까

땀 흘려
일하던 이들과
그들의 시간은
어디로 흘러간 것일까

수월봉 오르니
바람이 나를 채근한다
지나온 길 어서 떠나
앞으로 나아가라
다그친다

삶에
완성은 없는 법,
그저 몸부림치며
한 켜 두 켜 쌓아온
기억의 조각들만이
바당길에 가득하다

그래도
이 길을 걷는 건

항상 빈 채로
열려있기 때문이라

뭍과 바다 사이에
섬이 있듯이
어제와 내일 사이,
완성과 미완성 사이에
여전히 내가
서있기 때문이라

비우지 못하는 마음이
끝없는 이 길을 가게 한다

## 12 코스 : 무릉 ~ 용수 올레

무릉 생태학교[1]~평지 교회 ~신도 생태연못 ~녹남봉 ~신도 포구 ~수월봉[2]~당산봉 ~생이기정 바당길[3]~용수포구 ~성김대건신부 표착기념관[4] (17.1km)

1. 대정읍에 무릉, 도원, 영락, 일과리가 있는데, 특히 영락과 일과라는 지명이 재미있다. 영락에 가는 길이 일과를 잘 치른다고 갈 수 없듯 방향이 다른 곳이다.
2. 우리나라에서 가장 바람이 거센 곳으로 고산 기상대가 위치하며 해발 77m 정상에서 차귀도, 죽도, 와도, 산방산과 한라산이 조망된다.
3. 생이는 새, 기정은 절벽(제주 방언). 가마우지 등 철새의 요람이다.
  *도구리알은 바닷가에 돌로 둑을 쌓아 묻어나 고기를 잡던 곳
4. 성 김대건 신부는 1845년 상하이에서 사제서품을 받고 귀국 중 제주 용수포에 표착, 최초의 미사를 봉헌하고 제물포로 돌아가 순교하였으며 이를 기념하여 2006년 표착기념관을 개관하였다.

### 나누고 싶은 느낌 : 미완(未完)

무릉 ~녹남봉의 빈들과 돌담은 무언가 경작을 준비해야 할 조바심을 일깨워 준다. 수월봉, 당산봉에서 보는 차귀도, 죽도, 와도의 우아한 자태는 올레에서 가장 감동적이다. 섬과 뭍 사이에 방황하는 자신을 만난다.

### ◯ 걸으며 들을 만한 음악 : Io Ci Saro

이태리의 안드레아 보첼리가 그의 고향 투스카니에서 중국의 피아니스트 랑랑과 공연한 노래로, 사랑하는 이를 떠나지만 항상 그 곁에 있으리라고 위로하는 내용. 랑랑의 격정적인 피아노 연주와 보첼리의 감미로운 음색이 멋진 조화를 이루어 가슴 깊이 감동을 준다.

용수리, 가장 낮은 순례자의 교회

# 낮춤의 길

바람 부는 날엔
오래 머물렀던 자리를
떠나보자

그대와의 만남을
기다리는 동안
돌담을 관통하는
바람의 요란한 질주에
손사래를 날려보자

순례자여
순수한 원형(原形)의 모습으로
구도(求道)의
좁은 문을 지나서
저 거친 들판에
사랑을 뿌려보자

허망(虛妄)에
일희일비(一喜一悲) 할 때

하늘 아래
가장 낮은 이곳에서
갈 길을 물어보자

익숙한 일과
안일했던 신념을
송두리째 걷어내고
겸허하게 땀 흘리며
대지를 갈아보자

순례자여
투박한 원색(原色)의 모습으로
구명(救命)의
좁은 길을 따라서
뒤얽힌 야심의 검불을 끊고
새로운 빛을 밝혀보자

구름 덮인 날엔
닫힌 가슴 속의 빗장을
활짝 열어보자

길 위에 세운 나라

그대와의 헤어짐에
익숙해 질 때까지
빈 들을
종횡(縱橫)으로 일구어
내일을 심어보자

순례자여
소박한 원초(原初)의 모습으로
구원(救援)의
좁은 창을 넘어서
닥모루 오름 아래
그대의 밭에 자라난
겸손을 수확하자

## 13 코스 : 용수 ~ 저지 올레

용수 포구 ~충혼탑 사거리 ~순례자의 교회[1]~용수 저수지[2] ~특전사 숲길 ~낙천리 아홉굿마을[3] ~저지오름[4] ~저지 마을회관 (14.7km)

1. 2011년 용수리에 건립된 높이 5m, 넓이 8m²로 '제주에서 가장 작은 교회'로 알려져 있으며. 좁은 문과 종탑에 걸린 '길에서 묻다'라는 글귀가 철학적이다.
2. 한경면 소재. 1957년 조성한 농수용 인공저수지로 뱅뒷물 저수지로도 불리우며 황새 등 철새 서식지로서 보호수면으로 지정되었다.
3. 대장간이 처음 생긴 곳으로 점토 채취용 아홉 개의 토굴에 샘이 고여 아홉굿 마을이라 하며, 천 개의 의자를 설치해 의자 마을로도 불린다.
4. 닥나무가 많이 자라 닥모루 오름이라 칭한다('저지'는 한자식 표현).

### 나누고 싶은 느낌 : 낮춤

용수에서 만나는 순례자의 교회는 규모와 효율을 제일로 추종하는 세상을 향해 조신하지만 강단 있게 경손을 선포한다. 용수 저수지에 비치는 하늘과 구름의 그림자를 바라 보노라면 허망을 버리고 야심의 검불을 끊으리라 다짐하게 된다. 구도, 구원, 구명의 좁은 문을 지나 닥모루 오름에 올라보면 돌보는 이 없는 묘지에 피어난 할미꽃이 무심히 반겨준다.

### ⌔ 걸으며 들을 만한 음악 : The Promise

노르웨이 키 보디스트와 아일랜드 바이올리니스트의 뉴에이지 그룹 시크릿 가든이 발표한 곡으로 피아노와 바이올린의 소박하면서도 애잔한 앙상블이 희망을 가지고 살라는 메시지를 전하고 있다.

저지리, 저지오름 가는 길

금능 어촌계 앞

치유의 길


오늘은
그곳에 가는 날
중산간 고망 숲길 따라
바다로 간다

일상에 매여
그늘진 청춘에
금 오름이 눈부실 때면

무거운 철갑옷
내려놓은
큰소낭에게도
그를 쉬게 할
칭찬이 필요하다

생채기 난 가슴에서
돌멩이를 골라내고
황량한 영혼에
위로의 거름을 부으리

실의에 빠져
난파된 열정 위로
새로운 항로가 열리려면
굴렁진 인생에도
희망의 문이 필요하다

완고하게 닫혀버린
그 문을 열고 들어가
멸렬(滅裂)하는 사랑을
다시 일으켜 세우리

오늘은
그곳에 가는 날
백년초 피는 길 따라
바다로 간다

욕망에 매인
끝없는 허기에
비릿한 바닷내음

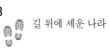 길 위에 세운 나라

퍼질 때면
금능 돌하르방에도
나눔의 식탁이
필요하다

더도 덜도 없는
그만큼의 양식을 나누며
절제하는 기쁨을
보여주리

빈한(貧寒)에 둘러싸여
굳어버린 고집에
파도가 밀려올 때면
물질하는 해녀에게도
눈물의 재계(齋戒)가 필요하다

태왁에 실린 하루
한숨에 밀려
어제가 되면
또 다른 오늘이

뒤를 이으리

오늘은
그곳에 가는 날
고깃배 꿈길 따라
한림 바다로 간다

# 14 코스 : 저지 ~ 한림 올레

저지 마을회관 ~고망 숲길[1] ~큰소낭 숲길 ~오시록헌 농로~굴렁진 숲길
~무명천[2] ~선인장 자생지 ~월령 포구 ~금능으뜸원 해변[3] ~협재 해수욕
장 ~한림항 (19km)

1. 고망은 구멍, 큰소낭은 큰 소나무, 오시록헌은 아늑한, 굴렁진은 움푹 패임을 뜻하는 제주 방언.
숲과 밭, 농로와 돌담길이 이어진다.
2. 한림읍 월림리에서 금능리를 거쳐 월령 포구로 흐르는데 이름이 없다는 뜻.
3. 제주 제일의 해수욕장으로 협재 해수욕장과 나란히 붙어있다. 조개껍질로 모래가 형성되어 하
얀 백사장과 옥빛 바닷물이 일품이다.
*태왁은 해녀가 물에서 몸을 의지하거나 수영할 때 쓰는 부유 도구.


## 나누고 싶은 느낌 : 치유(治癒)

닥모루 오름에서 중산간 숲길과 농로를 지나 무명천을 무념무상 걷다 새못
교에서 다리 표지석 위에 쓰인 낙서를 본다. "저는 업무를 잘못해서 걱정
입니다" 일본어로 얌전히 써 놓았다. 얼마나 걱정이 되었기에 직장에서 수
천km를 날아와 아무도 읽어줄 이 없는데도 저런 흔적을 남겼을까... 안쓰
러운 그가 한림항에 이르렀을 때엔 부디 위로와 치유를 받았기를!


## ♫ 걸으며 들을 만한 음악 : Adagio

이탈리아 바로크의 대가 알비노니가 작곡한 '현과 오르간을 위한 아다
지오 G단조'에 가사를 붙여 벨기에의 라라 파비앙이 애잔한 사랑을 노
래한다. 아다지오는 '아주 느리게'를 뜻하는 용어이나, '평온하며 조용하게
'감정을 자제하고 장엄하게 연주하는 악풍을 일컫기도 한다.

저지리, 생명의 숲 저지 곶자왈

## 사색의 길


내 영혼에 새벽이 찾아올 때
집 떠나 길을 나선다

저지 오름을 등 뒤로
강정 동산 들어서니
외로운 고목 하나
시간이 베어져 나간 빈자리에서
추억의 나락을 줍고 있다

금악(琴岳)과 마주한
문도지 오름
젖가슴을 열어
방목의 법칙을 키워낸다

하루 벌어 하루를 먹어도
걱정 근심 없는 세상

열대와 한대의 지경에서
생명의 촉촉함과

생활의 따스함을 함께 나누는
곳자왈의 사는 모습이 아름답다

사람 손으로 일군 차밭은
성과와 효율을 좇지만
하늘이 가꾼 곳자왈은
자유로이 피고 지며
생사(生死)를 넘어선다

청수에서 무릉으로 이어지는
단풍, 낙엽, 바위와 오솔길
바람, 숲향, 햇빛과 그림자
끝없이 순환하고
소생하는 노스탤지어

영동케 지나 인향리 이르면
집집마다 사람 냄새가
빨랫줄에 널려있다
담장마다 소심한 욕심들이
영글어있다

내가 살던 집이 여기 있다

살다 살다 지루해질 때
내 영혼에 밤이 찾아올 때
집 떠나 길 나서던
그 새벽을 생각한다

# 14-1 코스 : 저지 ~ 무릉 올레

저지 마을회관 ~강정 동산 ~문도지 오름[1]~저지 곶자왈[2]~오설록 ~무릉, 청수 곶자왈 ~봉근물[3]~인향리 입구 (17km)

1. 문도지 오름의 명칭에 관해서 풍수지리상 죽은 돼지(묻은 돝이)의 형상에서 유래했다는 설이 있다. 해발 260M 둘레 1335M로 한경면 곶자왈 주변에 홀로 솟아 있는 오름으로 금 오름과 마주 보고 있다.
2. 곶자왈은 난한대 식물이 공생하는 숲을 일컫는데 제주산록의 허파 역할을 하는 자연유산으로, 한경면에는 저지 ~청수 ~무릉으로 이어지며 최대 규모를 자랑한다.
3. 봉근물은 주운 물이라는 뜻의 제주 방언. 물이 귀한 제주에서 물 웅덩이를 발견하고는 (거저) 주웠다고 익살스럽게 표현한 것으로 생각된다.

## 나누고 싶은 느낌 : 사색(思索)

동틀 무렵 저지 마을을 출발하여 문도지 오름에 오르니 금 오름과 한라산의 기운이 피어난다. 이어지는 곶자왈의 나뭇가지와 아무렇게나 흩어지거나 쌓여있는 바위들, 이리저리 뒹구는 낙엽, 그늘진 마음을 뚫고 간간히 비치는 햇살과 바람, 이 모든 것들이 하나의 실마리가 되어 헝클어진 마음을 헤아려 준다. 산다는 건 참으로 아름답다.

## ♬ 걸으며 들을 만한 음악 : And To Each Season

감미로우나 위엄이 느껴지는 파헬벨의 캐논 멜로디에 미국의 대표적 음유시인 로드 맥퀸이 사계절의 감상과 종교적 내세를 암시하는 가사를 붙여서 달콤하고 부드럽게 노래한다. 그는 밥 딜런, 레오나드 코헨 등 다른 음유시인들과 달리 허무주의를 탈피, 구원의 메시지를 전하고 있다.

납읍리 금산공원 포제단

# 생명의 길

섬과 뭍을 오가는
도항선(渡港船) 처럼
꿈과 현실 사이를
배회하느니
차라리 솟대가 되어
하늘만 바라보며
살고 싶다

삶이란
언제나 꿈이 있는 한
유효한 계약

희망이
타협에 눈멀어
내일로 날지 못하면

열정은 고장 나
길가에 버려지고
도전은 녹슬어

허공에 흩어진다

오늘도
나의 체면은 분주하게
살길을 찾아 헤매지만

진정한 행복은
끝내 성사되지 못한 채
담장 너머
높은 이상의 가지 끝에 걸려
허공에 펄럭인다

그래도
도회지를 떠나
아무도 없는 이 길을
홀로 걷는 것은
아직 가야할 곳이
남아있기 때문이다

나의 기억 속
가장 내밀하고

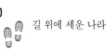

아스라한 곳에서
청춘이
지금도 나를
그리워하기 때문이다

과 오름을 맴돌다
속세(俗世)에 부딪히는
보광사 종소리

슬픔의 반대편으로
휘돌아와
모진 시련에
잘려나간
그루터기 위에
뿌려지면

불현듯
저 멀리서 불러내는
강렬한 생명의 신호가
나의 잠을 깨운다

## 15 코스 : 한림 ~ 고내 올레

한림항 ~대수 포구 ~선운정사[1] ~납읍 금산공원[2] ~과 오름[3] ~고내봉[4] ~ 하가리 갈림길 ~고내 포구 (19.1km)

1. 애월에 소재한 조계종 사찰로 조선 시대의 석조 약사여래불 좌상이 있다.
2. 애월읍 납읍 초등학교 옆의 온난대성 식물군락으로 천연기념물 제 375호. 유교식 제례를 지내던 포제단 소나무가 세한도를 연상케 한다.
3. 곽지리 소재 오름으로 말발굽형 화구이며 한라산 조망이 가능하다.
4. 고지대의 깊은 속에 있어서 고내 오름이라하는 원주형 기생화산이다. 고내리는 이에 가려 한라산을 볼 수 없는 제주도 내의 몇 안되는 지역 중 한곳이다.

### 나누고 싶은 느낌 : 생명(生命)

비양도 도항선 대합실의 여행객들, 하늘을 향해 날갯짓 하는 대수 포구 바닷가의 솟대, 어느 월남전 참전용사 집의 문패, 양파 밭에 버려진 녹슨 경운기, 둥글게 돌아가는 돌담길 너머로 날아가는 비행기... 금산공원 난대림 품에 안겨있는 포제단 앞의 백년 노송 두 그루는 추사의 세한도에서나 느낌직한 선비의 기개를 품고 있다. 이들은 모두 이 세상의 아픔과 슬픔을 딛고 살아가는 법을 가르쳐주는 듯하다.

### 🎧 걸으며 들을 만한 음악 : Why Worry

영국 로큰롤 밴드 다이어 스트레이츠가 발표한 곡으로 나나 무스코리가 청량하고 단아한 음성으로 인생을 관조하듯이 노래 부른다. 비 온 뒤에는 햇빛이 빛나고, 고통 뒤에는 즐거움이 있는 법. 모든 일이 언제나 그래왔으니 이제 걱정하지 말라고 다독거려 준다.

길 위에 세운 나라

구엄리 하귀- 애월 해안로 기암

구엄리 소금빌레(돌 염전터)

# 희망의 길

언젠가부터
꿈을 꾸었지
교활 넘치는 시간의 지배자가 되어
내 인생의 결론을 미리 엿보는
그런 꿈을 꾸었지

포구에 앉아
저 먼 대양을 동경했지
나의 직감으로는 결코 알아채지 못할
용맹스런 세상을...

하지만
나의 배는 언제나
거친 항로를 피하여
신엄 포구로 피항(避港) 중이지

바위는 내게
검푸른 바다의 끝을 노려
그물을 던지라

호령하곤 했지

언젠가부터
꿈을 잃었지
지혜 넘치는 탐험가 되어
인생의 천로역정(天路歷程)
오롯이 담아내려던
그런 꿈을 잃었지

동굴에 갇혀
저 높은 하늘을 선망했지
나의 사지로는
결코 넘지 못할
무욕(無慾)의 세계를...

어느 사이
나의 발은
숲속에서 길을 잃고
미망(迷妄)에 계류 중이지

그래도 나무는 내게
항파두리 토성에 올라
심장을 던져 항쟁하라
호령하곤 하지

지금은 잃어버린
어린 시절 나의 꿈,
나는 수시로 버리지만
그는 변함없이
내 곁을 지켜준다네

자신을 연료 삼아
내 앞의 어둠을
불살라 버린다네

# 16 코스 : 고내 ~ 광령 올레

고내 포구 ~신엄 포구 ~남두 연대 ~구엄 돌염전[1]~수산봉[2] ~수산 저수지 ~희망의 다리 ~항파 두리토성[3]~광령 초등학교 (16.9km)

1. 구엄 해변의 소금 빌레(평평하고 넓은 바위)는 재래방식으로 천연염을 만들던 곳으로 1500여 평에 달하며 맛과 색깔이 뛰어났다고 한다.
2. 일명 물에 오름으로 가뭄이 들면 제주 목사가 기우제를 지내던 영봉. 1960년 수산봉 남동쪽에 농사를 위해 수산리 저수지를 만들었다.
3. 13세기 말 고려 삼별초군의 마지막 보루. 1273년 여몽 연합군 공격으로 항파 두성이 함락되어 전멸했다. 도내 현존하는 유일한 토성.

## 나누고 싶은 느낌 : 희망(希望)

고내, 신엄, 구엄 포구를 걸으며 어린 시절의 꿈들은 현실에 부딪혀 날개를 접게 되고 어느새 거친 항로 보다는 안전한 피항길을 찾는 나 자신을 발견한다. 끝내 이상향에 닿지 못했던 항파두성 삼별초군의 호령이 들려온다. 나는 꿈을 버려도 꿈은 결코 나를 버린 적이 없었다. 꿈은 내 품이 열려있는 한, 언제나 스스로를 연료 삼아 내 발 앞의 두려움을 불살라 길을 밝혀준다.

## 🎧 걸으며 들을 만한 음악 : Sogno

이탈리아의 테너 안드레아 보첼리가 1999년 'Sogno'란 타이틀로 발표한 이 앨범은 천만 장이 팔리면서 전 세계인에게 그의 이름을 강력하게 각인시켰다. 가버린 당신을 기다리며, 내 사랑이 당신과 함께 갈 길을 인도하리라는 꿈을 가진 채 그 자리에 서 있겠노라고.. . 천상의 미성으로 감미롭게 속삭인다.

이호동 이호테우해변

휴한의 길


장구목에서 발원한
물이 내달아
있는 듯 없는 듯
무수천(無水川)에 이르면,
등에 짊어진
사색(思索)을 내려놓고
무수천(無愁川)이 되다

보리밭 걸으며
꽃의 향연에 취하니
유념무상(留念無想)
번잡한 세상사
저 멀리 미루어 두고
월대에 앉아
음풍영월(吟風詠月)
외포 포구에 이르다

문득
가슴이 먹먹하고

누군가가 싫어질 때
사르르 사르르
파도에
모난 성격이 갈리어
먹돌이 되는 곳
알작지 해안을 찾다

여기 낮은 곳에서
일진청풍(一陣淸風)
잠시 숨을 고를 때면,

넓은 들판에
그의 땀내음이 차고 넘치듯
바다에도
만선(滿船)이 아니라도 좋을
노동 뒤의 휴식이
포구에 가득하다

태고로부터
그만의 방식으로

빚어내는 감동이
이 순간
문수물처럼 솟아올라

묵언수행(默言修行)
빛으로만 말하는
트로이 목마를 향해
진군하는 곳,
이호테우 해변의
지남(指南)을 만나다

추억애(愛) 거리에서
굴렁쇠를 굴리고
공기놀이,
고무줄놀이,
딱지치기,
말 타기하고 놀던
동심을 그리다

제주의 머리,

도두봉에 오르니
항구는
꿈처럼 아스라하고
일상으로 복귀하는
비행이 분주하다

여태껏
소망을 위해
신념을 모으고
장삼이사(張三李四)
기도하던 손으로
소박한 가능성 위에
집을 짓고
봉홧불을 지피다

용담길 들어서니
용두암의 기상,
구름다리 건너
용연의 기품에
호연지기(浩然之氣)가

살아 숨쉬다

부디
온고지신(溫故知新),
시간의 교훈이
이 땅 위의
아픈 청춘들에게

꿈의 파종(播種)과
삶의 심경(深耕)을 위하여
사랑으로
휴한지(休閑地)를
채우게 하라

## 17 코스 : 광령 ~ 산지천 올레

광령1리 사무소 ~무수천[1]~외도 월대 ~외포 포구 ~알작지 해변[2]~이호
테우 해변[3]~추억의 거리 ~도두봉 ~용두암 ~용연 산책로 ~관덕정[4]~산
지천 마당 (19.2km)

1. 한라산 장구목에서 발원, 25km를 흘러 외도 앞바다에 이른다. 물이 없다는 무수천(無水川), 지류가 많다는 무수천(無數川)으로 불리며 하류에 월대 누각이 있다.
2. 반질반질한 둥근 돌(먹돌)로 이루어진 해변. 50만 년전 형성.
3. 제주시 인접 해수욕장으로 검은 돌과 모래로 형성. 트로이 목마를 상기시키는 두 개의 빨강 하양 목마 등대가 랜드마크로 사람을 반긴다.
4. 제주 목관아 앞의 누각으로 과거 시험 등을 보던 곳. 보물제322호.

## 나누고 싶은 느낌 : 휴한(休閑)

무수천, 이호테우 해변을 걸으며 세상사를 잠시 내려놓고 산, 들, 바다
가 걸어오는 이야기에 귀를 기울여 보라. 용두암의 기상, 용연의 절제, 관
덕정의 중용… 휴한은 단순한 휴식이 아니라, 새로운 경작을 위해 땅의
힘을 기르고 내면을 다지는 것이다. 꿈을 따좇고 일상을 잘 가꾸려면
사랑이라는 휴한지가 필요하다.

## ◌ 걸으며 들을 만한 음악 : The Flower Duet

레오들리브의 오페라 라크메 중 '꽃의 이중창'으로 뛰어난 화성과 현란한
관현악 편곡, 기저에 흐르는 동양적인 신비로움이 어우러져 전 세계적으
로 사랑받는 곡. 주인공 라크메가 하녀와 함께 정원을 거닐며 꽃과 새,
시냇물의 아름다움을 노래하는데 이중창으로 만들어내는 화음이 마치 신
의 선물과 같다.

하북리 별도 환해장성 가는길

# 망각의 길

산지천이 그렇듯
사람들은 일단
개천가에 뿌리를 내리면

세월을 지지고 볶으며
울고불고
온갖 난장(亂場)을
벌려놓다가
개울물이 더 이상
투정을 받아내지 못해
토악질하는 순간

약삭빠른 바람이 되어
욕망의 지갑을 채우려
달아나고는

그때 그 시절은
다 잊었노라 한다

어느 봄날
아무런 이유도,
영문도 모르는 채
야만의 포로가 되어
죽음의 광기(狂氣)로
이성(理性)의 심장을 가르고
양심의 혈맥을 끊어 놓고는

그때 그 시절은
다 모르노라 하지만
아이가 자라나 어른이 되듯
피 고인 곳을동에도
고통을 뚫고
진실은 자라난다

잊는다는 건
환해 장성을 쌓아
회상의 파도를
시간의 칼날 아래
가두는 작업

그러나
폭압의 왕조는
끝내 위장(僞裝)에
실패하리니

우리의 기도는
마침내
망각의 방파제를 넘어
유채꽃 만발한
혁명의 날을 맞으리

여기는
미래의 바다로 나가는
신촌 포구,
슬픈 고통의 기억을
잃어버린 이들이
다시 모여든다

아플 만큼 앓고 나아

슬픈 만큼 울고 나야
다시 시작할 힘을 얻는다

잊을 건 필시 잊어야만,
다시 시작할 그리움도
비로소 기다릴 힘을 얻는다

# 18 코스 : 산지천 ~ 조천 올레

산지천 마당[1] ~제주항 ~사라봉 ~곤을동 4.3 마을[2] ~화북 포구 ~별도 연대 ~삼양 검은모래 해변 ~불탑사 ~닭머르 동산 ~신촌포구 ~연북정[3] ~ 조천 만세동산 (18.2km)

1. 청계천과 비슷한 역사를 가진 하천으로 1960년대 산업화 개발 붐으로 복개 후 오염되었다가 2002년 자연형 생태하천으로 복원되었다.
2. 4.3 당시 주민 24명이 학살당한 후 지금까지 폐허로 남아있는 만행의 현장. 곤을은 항상 물이 고여 있는 곳이라는 뜻의 유서 깊은 마을.
3. 유배자들이 북녘의 왕에 대한 사모와 복권의 희망을 품고 있던 망루. 당시 유배 혹은 부임자 중 김정, 송인수, 김상헌, 정온, 송시열 등은 교학 발전에 기여한 공으로 이도동 소재 오현단에 배향되었다.

## 나누고 싶은 느낌 : 망각(忘却)

산지천은 개발연대의 아픔이 있는 곳이다. 가난, 무지 속에서 광포한 일들이 일어나곤 했는데 그건 나부터 살고보자 하는 본능들이 충돌했기 때문이다. 곤을동은 그에 더해 야만과 광기의 학살을 자행당해야만 했다. 있을 수 없는 일, 잊고픈 기억이지만 그 상처, 그 고통을 방파제 너머 가두어 둘 수만은 없다. 아플 만큼 아프고 슬픈 만큼 울고 그리고 다시 일어나야 한다.

## 🎧 걸으며 들을 만한 음악 : Oblivion

아르헨티나 아스트로 피아졸라의 '망각'을 파블로 지글러 트리오가 피아노와 반도네온으로 탱고의 비장미, 통속성과 애환을 재현하면서도 재즈의 즉흥적 감성을 접목하여 화려함 뒤의 공허와 애수를 극적으로 대비시켜 비움의 유희를 들려준다.

추자항

길 위에 세운 나라

## 지천명의 길

어릴 적 꿈이 있었지
가난을 벗 삼아 뛰놀던 시대
땀 흘리며 착하게 살다보면
좋은 날이 올 거라는
쨍 하고 볕들 날 올 거라는

젊을 때 사랑을 믿었지
가진 거 없어도 당당했던 시절
청춘에 열정 하나로
인생을 걸 수 있겠노라고
순수를 사모할 수 있겠노라고

일하며 성공을 그렸지
역경 속에서도 희망을 품던 세대
앞만 보고 달려라, 빨리 더 빨리
비구름 너머에 태양이 빛날 거라며
추위가 있어야 매화 향도 짙을 거라며

온 힘을 다해 정상에 올랐지

숨 가쁘게 몰아쉬며 살아온 오늘 하루
하산 길은 피할 수 없는 숙명
돌아갈 길은 구만리 멀고 멀건만
서편에 걸린 해는 어둠을 달고 오건만

내 인생 갈고 닦아 세상을 배웠지
썩어질 몸뚱이 아낌없이 던진 세월
진인사대천명(盡人事待天命) 하며
살아보자

이루어지지 않는 인연은
결코 이룰 수 없어라
후회 없이 부끄럼 없이
지천명(知天命)에 이를지라도

# 18-1 코스 : 추자도 올레

추자항[1]~최영장군 사당[2]~봉글레산 ~순효각 ~나바론 절벽 ~추자 등대 ~묵리 고갯길 ~신양항 ~황경헌의 묘[3]~예초리 기정길 ~엄바위 장승 ~돈대산[4]~추자교 ~추자항 (18.2km)

1. 추자항은 추자도의 관문, 추자 군도는 4개 유인도와 38개 무인도로 이루어진 군도로 바다낚시 명소. 각종 돔, 농어, 조기 등이 잡힌다.
2. 1374년 고려 공민왕 23년 목호의 난을 진압코자 최영 장군이 출정 중 풍랑을 만나 추자도에 머물며 베푼 선정을 기리는 사당이 있다.
3. 정약용의 조카 정난주 마리아가 신유박해 당시 남편 황사영을 잃고 제주로 유배되면서 두 살 된 아들 황경헌을 추자도 예초리에 숨기고 떠나갔는데 어부 오씨에게 키워져 그 후손들이 지금까지 하추자도에 살고 있다.
4. 하추자도에 위치, 해발 164M로 추자 군도내 최고봉으로 한라산 조망이 가능하다.

## 나누고 싶은 느낌 : 지천명(知天命)

세상을 바르게 살아가려고 평생을 노력하지만 말처럼 쉽지 않다. 때로는 작은 성공, 소박한 성취에 기쁨도 있지만 결과는 마음 속의 기대치보다 크기 어렵다. 세상 이치를 받아들일 줄알 때 비로소 행복이 있다.

## ♫ 걸으며 들을 만한 음악 : Love Is Just A Dream

한국의 대표적 New Musician인 Claude Choe 작사 작곡, 디바 조수미가 애잔하면서도 감미롭게 노래한다. 사랑은 폭풍처럼, 열병처럼 다가오지만 지나고 나면 차가운 옛날의 추억일 뿐, 꿈일 뿐 후회해도 이제 소용이 없다. 그 진실을 알고 나면 그 사랑에 순종하는 길 밖에는 없다. 꿈같은 사랑이 무섭다고 사랑을 않고 살 수 있는 사람은 없다.

신흥리 돌담길

# 위로의 길

사는 게
힘들 때에는
조천 만세동산으로 오세요

꺾이지 않는 저항,
그날의 함성이
당신을 응원합니다

유혹에
결심이 흔들릴 때에는
관곶 마을로 오세요

북으로 올곧게
뭍을 향하는 마음,
일편단심의 관문이
당신을 기다립니다

홀로 외롭고
쓸쓸할 때에는

서우봉 해변으로 오세요

연인들이 남기고 간
사랑의 속삭임,
사계절
변치 않을 맹세가
당신을 지켜줍니다

인생은 굴곡의 연속,
오르막에 숨이 차지만
그 끝은 언제나 내리막길,
짧지만 달콤한 휴식이 기다립니다

어느 날 갑자기
사람이 미워질 때에는
북촌 너븐숭이로 오세요

이성(理性)의 가면 뒤 숨겨진
야만의 노예,
야누스의 두 얼굴이

당신을 현명하게 합니다

두려움이
엄습할 때에는
북촌 포구로 오세요

아무리 작은 배도
격랑을 피할 수 있는 곳,
불안을 막아줄 방파제가
당신을 안아줍니다

숨쉬기조차
싫을 때에는
동복 곶자왈로 오세요

희망이 끊기기 전
용암의 결박을 풀고
벌러진 생명,

"죽고 싶은 게 아니라

그렇게 살기 싫을 뿐"
누구도 당신을 외면하지만
모진 척박 이겨내고
천년을 이어온 용기가
당신을 위로합니다

한숨으로 허비한
나의 오늘
하루가
시한부에 쫓기는
그 누군가에게는
황금 같은
내일입니다

# 19 코스 : 조천 ~ 김녕 올레

조천 만세동산[1]~관곳[2]~신흥 해수욕장 ~함덕 서우봉 해변 ~서우봉 ~
너븐숭이 4.3 기념관[3]~북촌 포구 ~벌러진 동산[4] ~김녕 농로 ~남흘동 ~
김녕 서포구 (18.6km)

1. 1919년 3월 조천 장터와 미밋동산에서 항일 만세시위가 일어났다.
2. 제주의 '울돌목'으로 불릴 만큼 파도가 거세고 해남 땅끝 마을과 가장 가깝게 북쪽을 향해 곶이 길게 발달한 지형.
3. 4.3 당시 너븐숭이 마을주민 350여 명이 학살당했는데 1978년 용기 있는 소설가 현기영의 '순이 삼촌'을 통해 세상에 알려졌으나, 우여곡절 끝에 2009년에야 비로소 희생자들의 명예회복과 넋을 위로하는 위령비 및 기념관이 설립되었다. 너븐숭이는 넓은 돌밭을 뜻하는 제주 방언.
4. 가운데가 벌어진 곳이라 하여 벌러진 동산이라 부르며 용암이 굳어 넓은 들을 만들고 나무가 우거져 아름다운 숲길을 이룬다.

## 나누고 싶은 느낌 : 위로(慰勞)

조천 ~김녕 올레길은 깊은 아픔과 슬픔의 울림이 오래도록 가시지 않는 여정이다. 일제 강점기 항일운동을 벌인 조천 만세 동산과 4.3 학살을 고발하는 너븐숭이의 시대정신이 살아 숨쉰다. 외롭고 나약한 나에게 벌러진 동산의 잡초처럼 눈 앞의 모진 척박을 극복하고 역경을 이겨낼 수 있다고 격려해 준다.

## ♫ 걸으며 들을 만한 음악 : Be As You Were When We Met

일본 뉴에이지 그룹 S.E.N.S.의 연주는 소박하고 겸손하다. 기교보다는 진정성으로 울리는 감동이 넘친다. 당신을 처음 보았을 때의 그 모습 그대로... 어떤 상황에서도 변치 않는 신념은 언제나 우리에게 위안과 평안을 준다.

길 위에 세운 나라

조천 만세동산

## 바람의 길

그는
꿈자리에서 살포시 일어나
내게로 다가온다

갈대와
흐린 하늘을 사랑하는
그는
높은 곳에 올라
창연함 너머를
비행한다

그를 기다리는 이들은
조수(潮水) 드나드는 물때,
생명이 움트는 이치,
의지가 균열하는 이유를
알아야 한다

언제,
어떻게 왔다가
왜 가버리는지

그는
한마디 말이 없다

내게
잊고 싶은 과거는
집념(執念)하게 하고
너에게
이루고 싶은 사랑은
먼 훗날로 미루는
그의 소치,

부는 바람은
어찌 멈출 수 없다

산에서 내려오는
그는
들판의 중심에 서서
인생유전(人生流轉)의
수레바퀴를 돌린다

모진 풍파와

싸우기 좋아하는
그는
접속과 교신을 날개 삼아
어느새 광활함 위를
질주한다

너와 나는
꽃이 만개하는 시기,
들판이 가득 차는 원리,
다시 빈들이 되는 연유를
배워야 한다

그는
뒤로 미루었던
사랑의 연대로
꿈과 현실 사이에
희망을 나르고
파종과 수확 사이에
인내를 불어넣는다

그를 따라 나섰던

이 길이 이제
나를 따라온다
언제나
꿈에 그려온 이 길을
영일(寧日) 없이 걷다보니
이 세상이 꿈결 같다

내게
산록에서 바다까지
비행과 질주를 가르쳐준
그대,
아픈 상흔을 아물게 하고
빛바랜 소망을 새로 칠해준
그대,

오늘도
꿈길 따라 바람결 따라
길을 나선다

## 20 코스 : 김녕 ~ 하도 올레

김녕 서포구 ~성세기 해변[1]~환해장성 ~월정 해수욕장[2]~행원 포구[3]~좌가 연대 ~뱅뒤길[4]~해녀박물관 (17.4km)

1. 넓고 고운 백사장과 얕은 수심, 옥빛 바다로 해수욕에 적격이다. 특히 바람이 많아 서핑을 즐기는 이들이 끊이지 않는다.
2. 달이 머무는 마을, 월정리 해변은 젊은이들에게 가장 인기있는 제주 해변의 하나로 최근 개성 있는 까페들이 크게 늘어났다.
3. 인조반정으로 폐위된 광해군이 1637년 제주로 유배당하여 기착한 포구로 유배 후 4년 4개월 된 67세의 나이로 생을 마쳤다. 행원 포구 주변은 바람이 거센 곳으로 풍력 발전기들이 색다른 경관을 제공한다.
4. 뱅듸는 돌과 잡풀이 우거진 들판이라는 뜻의 제주 방언.

## 나누고 싶은 느낌 : 바람

김녕 서포구에서 행원 포구에 이르는 바닷길은 항상 거센 바람이 부는 지역으로 풍력 발전소들이 들어서 있는 곳이다. 먼 바다에서 만들어지는 바람, 산록에서 내달려 오는 바람들이 들판의 중심에서 인생 유전의 풍차를 돌릴 때면 춘하추동 빈들이 채워지고 다시 비워지는 원리를 배운다. 제주 해녀박물관에 전시된 제주 어머니들의 한 맺힌 인생에도 희망의 바람이 계속 불어오기를 기원해 본다.

## 🎧 걸으며 들을 만한 음악 : O Silver Moon

드보르작의 오페라 루살카 중 '달에게 부치는 노래'로 요정 루살카가 인간을 연인으로 만나게 해 달라고 달의 신에게 간구하는 기도의 간절함이 서린 아리아. 들판의 중심에 홀로 서서 끝없이 인내하며 바람을 간구하는 풍력 발전기 같다.

길 위에 세운 나라

김녕리 성세기 태역길 풍력발전기

하도리 별방진 길가 무덤

## 회상의 길

뭍에 한번 못가본 채
돌담에 갇혀 산 고희(古稀)

가지 많은 나무
바람 잘 날 없어도
자식 생각이 유일한 휴식
일 더미에 똬리를 틀고 앉아
스스로의 빗장을
풀지 못한다

사랑마저 지나간
빈자리
거센 바람과
굳은 바위로
채워온 여로(旅路)

들판에
씨앗으로 뿌려지는
희로애락(喜怒哀樂)은

지난 삶의 잔해(殘骸) 위에
자라난다

홀로 사무치는
외로운 나날이 싫어
모여드는 포구
동무들과 물질하며
헤엄쳐온 고해(苦海)

바람보다 무서운 게
그 놈의 정이라고,
별방진성(別防鎭城)으로도
막을 수 없는 숙명이
쓸쓸히 범람한다

오늘을,
그리고 어제를 지배했던 자들이
한데 어우러져
견디어온 인연(因緣)

속 끓는 날에는
바다에 뛰어들어
구겨진 심사를
풀어헤치며

좋았던 날
웃던 순간만 새겨진
추억을 골라내어
물 갈퀴질 한다

지나간 일 되돌아보니
그렇듯 몸서리치며
도망치려 했던 건
청춘이었기 때문이다

젊음은
소소한 일상을
황홀하게 포장하거나
참을 수 없이 비통케 해
지성의 날카로운 눈을 속인다

그 시절을 간직한
기억들이 자라나
시간이 떠나가는 공허함을
조금씩 메우고 있다

세월에
그리움을 매달고 산 인생
이제는 저녁을 위해
평생 걸어온 길 위에서
석양을 맞이할 때다

 길 위에 세운 나라

## 21 코스 : 하도 ~ 종달 올레

제주 해녀박물관[1]~연대 동산 ~낮물밭길 ~별방진[2]~석다원 ~토끼섬 [3]~하도 해수욕장 ~지미봉[4]~종달 바당 (10.1km)

1. 제주 해녀의 삶과 직업, 문화를 보여주는 민속사 문화박물관.
2. 우도를 침략하는 왜구를 토벌하기 위해 1510년 진지를 축성했다.
3. 하도리 해안에 인접한 무인도로 문주란 자생지. 7~9월 하절기에 문주란 꽃이 만개하면 마치 흰토끼같다 하여 토끼 섬이라 불린운다.
4. 종달에 위치한 오름. 제주도의 땅 끝이라 하여 지미(地尾)로 불린다.

## 나누고 싶은 느낌 : 회상(回想)

물질, 밭일로 가계를 부양해 온 모성을 해녀박물관에서 만나며 마지막 올레길을 마무리한다. 500년전 이 자리에서 왜구의 위협을 막아주던 별방진은 여전히 우리를 위해 그 무언가를 막아 줄 수 있을 것인가? 젊음을 앞세워 부모에게서 벗어나고자 그리도 애를 썼지만 결국 그가 걷던 길을 나 또한 걷고 있다. 가까이서 보지 못했던 성산 일출봉과 우도, 용눈이 오름, 다랑쉬 오름이 오히려 멀리 떨어진 지미봉 정상에서 지근으로 보인다. 이 쉬운 이치를 왜 진작 몰랐던고...

## ♫ 걸으며 들을 만한 음악 : Lascia Ch'io Pianga

헨델의 오페라 리날도 중의 아리아 '울게 하소서'. 십자군 전쟁 당시 영웅 리날도의 연인 알미레나가 적에게 잡혀 절망 속에서 '나에게 자유를 주소서, 이 슬픔으로 고통의 사슬을 끊게 하소서'라고 절규한다. 일상에서의 일탈을 꿈꾸면서도 결코 벗어나지 못하는 우리 모두의 모습이 애잔하다.

신도리 갈대밭길

# 길 위에 세운 나라
## 제주 올레, 시가 있는 풍경

황해선 시 · 사진
초판 1쇄 발행 2019년 10월 7일

펴낸이 김영조 ｜ 펴낸곳 달팽이출판
등록 2002년 2월 28일 제 406-2011-000065호
주소 경기도 파주시 탄현면 사슴벌레로 45번지 206-205
전화 031-946-4409 팩스 031-946-8005
이메일 ecohills@hanmail.net
ISBN 978-89-90706-46-1 03810
ⓒ황해선 2019

이 도서의 국립중앙도서관 출판예정도서목록(CIP)은
서지정보유통지원시스템 홈페이지(http://seoji.nl.go.kr)와
국가자료종합목록 구축시스템(http://kolis-net.nl.go.kr)에서 이용하실 수 있습니다.
(CIP제어번호 : CIP2019036868)